Hommage de l'auteur.

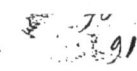

LES MANUSCRITS

ET LES LIVRES ANNOTÉS

DE

FABRI DE PEIRESC

PAR

Henri OMONT

TOULOUSE

ÉDOUARD PRIVAT, LIBRAIRE-ÉDITEUR

45, RUE DES TOURNEURS, 45

1889

LES MANUSCRITS

ET LES LIVRES ANNOTÉS

DE

FABRI DE PEIRESC

PAR

Henri OMONT

TOULOUSE

ÉDOUARD PRIVAT, LIBRAIRE-ÉDITEUR

45, RUE DES TOURNEURS, 45

—

1889

EXTRAIT DES *ANNALES DU MIDI*

Tome I (1889), pp. 316-339.

LES MANUSCRITS

ET LES LIVRES ANNOTÉS

DE

FABRI DE PEIRESC

L'histoire de la bibliothèque réunie au dix-septième siècle, à Aix-en-Provence, par Nicolas-Claude Fabri de Peiresc, a été écrite par M. Lambert dans une très exacte mais trop courte notice imprimée en tête du tome II du *Catalogue des manuscrits de Carpentras*[1]. Depuis, la correspondance du célèbre amateur et érudit provençal, éditée avec tant de soin par M. Tamizey de Larroque[2], et l'étude que vient de lui consacrer M. Léopold Delisle[3] ont apporté de nouveaux témoignages de la passion et du goût de Peiresc pour les livres et tout ce qui pouvait servir à l'étude de l'antiquité et des sciences, aussi bien que de la libéralité sans égale avec laquelle il

1. *Notice sur Peiresc* (1862), p. VII-XV.
2. *Lettres de Peiresc aux frères Dupuy*, t. I (1617-1628), 1888, in-4°. (*Documents inédits.*)
3. *Un grand amateur français du dix-septième siècle, Fabri de Peiresc*, dans les *Annales du Midi*, t. I, p. 16-34, et tirage à part de trente-quatre pages; cf. le *Cabinet des manuscrits de la Bibliothèque nationale*, t. I, p. 284-285.

communiquait les richesses de son cabinet à ses amis et à ses nombreux correspondants [1].

La bibliothèque de Peiresc comptait plus de cinq mille volumes, parmi lesquels devaient se trouver environ deux cents manuscrits. Dix ans après sa mort, vers 1647, cette collection fut mise en vente par son neveu, le baron de Rians; la plus grande partie des manuscrits paraît avoir été achetée pour le cabinet de Mazarin par Gabriel Naudé [2]. A vingt ans de là, en 1668, ces volumes entraient dans la Bibliothèque du roi avec les autres manuscrits du cardinal.

On n'a point de catalogue de la bibliothèque de Peiresc, mais seulement un inventaire, fait après décès, de ses livres imprimés et manuscrits. C'est une longue suite de titres de volumes, disposés sans aucun ordre, autre que la distinction des formats, et qui remplissent près de quatre cents pages in-folio du manuscrit 610 de la bibliothèque de Carpentras. A la fin de cet inventaire se trouve une liste de manuscrits qui est loin d'être complète; sans parler de ceux que Peiresc avait de son vivant donnés à ses amis pour qu'ils les missent en lumière, beaucoup d'autres manuscrits sont aussi dispersés dans le reste du volume parmi les livres imprimés. Les titres de ces manuscrits ont été relevés et sont ajoutés à la liste publiée plus loin [3]. Si parmi eux on ne trouve pas le célèbre manuscrit de Constantin Porphyrogénète, qui fait aujourd'hui l'ornement de la bibliothèque de Tours, non plus que le fameux calendrier constantinien [4], dont il semble qu'on ait désormais à déplorer la perte, les volumes précieux par leur antiquité ou l'importance de leur texte y sont encore nombreux. Grâce à cet inventaire, on pourra aussi inscrire

1. Voyez plus loin, p. 337.

2. Voyez la lettre de Mazarin à Naudé rapportée par M. Delisle dans les *Annales du Midi*, t. I, p. 33, et p. 20 du tirage à part, note 1.

3. Cet inventaire ne contient aucune mention des papiers et de la correspondance de Peiresc, dont le détail se trouve dans les *tomes II et III du Catalogue des manuscrits de Carpentras* de M. Lambert.

4. L. Delisle, *Fabri de Peiresc,* dans les *Annales du Midi,* t. I p. 20, et p. 7 du tirage à part.

sous le nom de Peiresc plusieurs manuscrits de la Bibliothèque nationale dont l'origine n'avait pu encore être pré-
cisée[1].

Enfin, le rédacteur de cet inventaire ayant signalé un certain nombre de livres annotés de la main de Peiresc, on a
pensé qu'il ne serait pas inutile d'imprimer, à la suite de la liste
des manuscrits, les titres de ces volumes, témoins des études
préférées de Peiresc.

H. OMONT.

---

1. On a, dans le volume 849 de la collection Moreau (fol. 218-220), à
la Bibliothèque nationale, un *Inventaire de quelques manuscrits de la
bibliothèque de M. de Peiresc, conseiller au parlement d'Aix* Les numéros
entre parenthèses à la suite des titres d'un certain nombre de manuscrits
de Peiresc dans la liste qui suit renvoient aux numéros d'ordre de cet
inventaire qui ne contient que 120 articles.

MANUSCRITS

BIBLIOTHÈQUE DE PEIRESC

———

Livres manuscriptz, in-folio

1. Historia a. P. M. usque ad Ludovicum regem F.; grand fol., en vélin, ms. [1].

2. Missale ad usum Glandatensis ecclesiæ; fort beau vélin, ms. fort entier et remply de belles enlumineures, couvert de bois, veau rouge [2].

3. Livre des proprietez des choses, traduites de latin en françois par Fr. Jean Corbechon, Augustin, 1372; ms. en grand papier, fol., bien conservé, couvert de bois, veau noir [3].

4. Julii Flori historia chronicarum; ms. fol., grand papier et quelques feuilletz de vélin meslez, couvert de bois et basane jaulne. (6.)

5. Maison du roy d'Arragon, en fort beau vélin illuminé, escript par François Vitalis, 1460; ms. grand fol.; couvert de bois et veau rouge. (7.)

---

1. On trouvera en note les cotes actuelles de plusieurs de ces manuscrits dans les différents fonds de la Bibliothèque nationale. — Ms. latin 4912.
2. Ms. latin 878.
3. Ms. français 221.

6. Legendarium ecclesiæ Sancti Marii Folcaqueriensis: ms. vélin, grand fol., couvert de bois et basane rouge. (8.) [1]

7. Missale Romanum; ms. en vélin, fol., couvert de bois en veau rouge.

8. Antiquus monachus, qui secundum aliquos glosavit Doctrinale, et est valde notabilis liber, aut Prom. Grammatic. Alphabetum seu glossarium Alexandri de Villadei; vélin, ms., fol., couvert de bois et de cuir blanc. (9.) [2]

9. Isidorus ethymologiarum; fol., beau vélin, illuminé, ms., bois et basane rouge. (10.) [3]

10. Tractatus factus inter regem Angliæ et regem Franciæ, datum in urbe de Callais, 1360; vélin, fol., ms. couvert de bois et de cuir. (11.)

11. Ms. en hébreu; vélin, fol., ms. couvert de bois. (12.)

12. Pontificale Romanum ad usum Aquensis ecclesiæ accommodatum; beau vélin et grosse lettre, fol., ms. couvert de bois. (13.) [4]

13. Evangelia et lectiones ecclesiæ Aquensis; fol., ms., en vélin cousu. (14.)

14. Sancti Ambrosii opuscula; ms. en fort beau vélin et belle enlumineure, couvert de bois et veau rouge. (15.)

15. Le Trésor de maistre Brunet; vélin, fol., ms., couvert de bois, veau rouge. (16.) [5]

16. Les Chroniques de France ou de Saint-Denis, tome I, jusques à Charlemagne inclusivement; en papier, fol., ms., couvert de bois, veau rouge, escript par Pierre de Taise, 1460. (17.)

17. Second volume des Chroniques de France ou de Saint-Denys, puis Louis le Débonnaire jusques à Philippe-Auguste inclusivement, escript par ledit P. de Taise, notaire et secrétaire du roy Louis, à Genap en Brabant, 1460; en papier, fol., ms. bien entier, couvert de bois, veau rouge. (17.)

1. Ms. latin 808.
2. Ms. latin 7621.
3. Ms. latin 7590.
4. Ms. latin 965.
5. Ms. français 1113.

18. Ms. en hébreu; fol., pap. couv. de bois, veau rouge. (18.)

19. Registre et inventaire des papiers trouvez en 14 coffres en la maison du chancelier Poyet, à Paris, 1542; fol., pap. ms. en parchemin. (19.)

20. Epistola S. Hieronymi ; en papier, ms. in-fol., couvert de bois, veau rouge. (20.)

21. Plutarchi vitæ, 1437; en papier, fol., ms. couvert de bois, veau rouge. (21.)[1]

22. Repertorium magistri Guillelmi Duranti super nonnullas juris quæstiones tam civiles, quam canonicas. Item varii tractatus aliorum jurisconsultorum super libros Institutionum de jure amphiteutico et aliis similibus juris rubricis; en vélin, fol., ms. couvert de bois, basane jaune. (22.)

23. Les épîtres de Senecque; en vélin, fol., ms. couvert de bois, veau rouge. (23.)

. 24. De proprietatibus rerum editus a fratre Bartholomæo Anglico, ordinis fratrum Minorum; beau vélin, fol., ms. couvert de bois, basane blanche. (24.)

25. Registre contenant divers mémoires de l'ordre des pairs de France pour le sacre du Roy, et pour la prononciation de l'arrest donné contre Charles de Bourbon, connestable de France, des appanages de la maison de France, et autres mémoires extraictz des registres du Parlement, en l'an 1527; en papier, fol., ms. couvert de parchemin. (25.)

26. Ms. contenant les persécutions de l'Église devant et après l'événement de Jésus-Christ, et des guerres advenues après jusques au règne de Charles VI, roy de France, par Honoré Bonnet, prieur de Sallon; en papier, fol., veau noir. (26.)[2]

27. Du mesme Bonnet, au roy Charles VI, du gaige de bataille; fol., ms. en papier, veau noir. (27.)[3]

28. Varii tractatus juris mss. sub Jasone Lanceloto et aliis doctoribus, Papiæ, anno 1493; in-fol., papier, couvert de bois. (28.)

1. Ms. latin 5829.
2. Ms. français 1273.
3. Ms. français 1270.

29. Livre de la Moralité des eschectz; le Romant des vices et vertus; fol., ms. (29.)

30. Le Romant de fortune et de tous les estatz du monde; de l'Enfant sage; les enseignements de Caton; ms. en papier, fol., basane rouge. (30.)

31. Divers traictez et questions de droict, par Fernandus Forcatel et autres docteurs regentz à Thoulouse, escriptz de la main de C. Fabry, en l'année 1566; en papier, fol., ms., basane jaulne. (31.) [1]

32. Speculum regis Francorum, per fratrem Robertum Steph. Senecensem, magistrum in theologia; beau vélin, fol., ms. couvert de bois, basane jaune. (32.) [2]

33. Traictez de l'art militaire et des faictz d'armes et de cavallerie; en papier, fol., ms., veau noir. (33.)

34. Mémoires anciens sur le différent qui estoit entre le duc d'Austriche et madame la duchesse sa femme d'une part, et le roy de France, Louis IX, touchant les terres et seigneuries que le duc Charles de Bourgongne prétendoit avoir dans le royaume de France; en papier, fol., ms. basane verte. — Noté à la marge de la main de feu M. de Peiresc. (34.)

35. Gesta rerum Anglorum; beau vélin et bien escript, fol., ms., basane violette. (35.)

36. Compte d'Estienne de la Fontaine, argentier du roy, depuis le 1er juillet [1]351, jusqu'au 4e de febvrier, des receptes qu'il a mises et faictes pour le corps dudict seigneur, de madame la Reyne, et des dames de sa compagnie, c'est assçavoir, madame la Dauphine, madame la duchesse d'Orléans, et madame de Lamboure; et aussy pour le corps de monsieur le Daulphin et de sa compaignie; grand fol., ms. en vélin, couvert de parchemin. (36.) [3]

37. Missale secundum usum ecclesiæ Tholonensis; fol., ms. en beau vélin, couvert de bois et de cuir. (37.) [4]

1. Ms. latin 4509.
2. Ms. latin 6485.
3. Cf. Douët d'Arcq, *Comptes de l'argenterie* (1851), p. 77. La seconde partie de ce compte forme le début du registre KK 8 des Archives nationales.
4. Ms. latin 877.

38. Philostrato, in lingua Toscana, delle amorose fatighe di Trovillo, della quale si pone come Trovillo se n'amorasse di Criseida e li amorosi sospiri e le lachrime per le havute prima che ad alcuno il suo amore occulto si discoprisce; fol., ms. en vélin, couvert de bois et de cuir. (38.)

39. Formularium regiarum litterarum sub Roberto; fol.. ms. en vélin, basane jaune. (39.)

40. Gregorii Nazianzeni homiliæ, græce; fol., ms. Scholiastes hic exponit fabulas quarum meminit Gregorius Nazianzenus; citat Gregorium, pag. 1, linea ult.; meminit scholiorum in orationes Gregorii Nazianzeni in Jullianum imp., pag. 6, in medio...; en vélin, couvert de bois, veau noir. (40.)[1]

41. Scriptorum ecclesiasticorum elogia, Patriarcharum et personarum illustrium in Evangelia. Isidori ad Sisebutum de temporibus. Isidori Junioris, episcopi Spaniensis, de differentiis doctrinarum fide ecclesiasticorum dogmatum; fort beau vélin, enluminé, fol., ms. cartoné. (41.)[2]

42. Isidorus; fol., ms. en vélin cousu. (42.)

43. Commentariorum in Valerium Maximum; fol., ms, papier, en bois et veau rouge. (43.)

44. Chronique de Bourgongne, ms., en laquelle est l'estat de la maison du duc Charles de Bourgongne, ensemble des ordonnances de sa guerre. Petit cérémonial. Chronique depuis l'an 1400 jusques en 1457; fol., ms. en papier, boys et veau rouge. (44.)

45. De la première guerre punique de Me Léonard Aretio, traduitte en françois; fol., ms. en papier, bois et velours vert brun. (45.)

46. Psalterium Lyrinense: vide litanias post hymnos, in fine codicis, ubi sancti Lyrinenses plerique et inter sanctos monachos Guillelmus et Willelmus, forte comites Provinciæ, et monachi Cluniacenses et Montis-Majoris; petit fol., ms. vélin, couvert de parchemin. (46.)[3]

47. Aurora summi Pontificis, en vers; petit fol., ms. en vélin, couvert de bois. (47.)

1. Ms. grec 577.
2. Ms. latin 2408.
3. Ms. latin 767.

48. Legenda sanctorum; petit fol., ms. en vélin, couvert de bois et cuir. (48.)

49. [M]amotreti expositiones in Bibliam; petit fol. ms. en vélin, couvert de bois, veau rouge. (49.)

50. Errores Armeniorum et Græcorum, etc.; ms., fol., 1346, en vélin, couvert de boys et basane jaune. (50.)

51. Clarorum virorum epistolæ ad Michaelem Nostradamum et ejus ad eosdem responsiones, cum figuris astronomicis, omnia tam latino quam vulgari idiomate; petit fol., ms. en papier, fort bien escript, veau noir. (51.)

52. Liber Decretorum versificatorum; Indices duo in Decret.; petit fol., ms. en vélin, couvert de boys. (52.)

53. Gesta Caroli Magni ad captionem Narbonæ; petit fol., ms. en vélin, couvert de boys. (53.)[1]

54. Priscianus de constructionibus; Isagogæ Porfirii; petit fol., ms. vélin, couvert de boys. (54.)[2]

55. Excerpta ex corpore Canonum; petit fol., ms., vélin cousu. (55.)

56. La règle du Temple; petit fol., ms. vélin, bois et veau rouge[3].

57. Chronica Martiniana; petit fol., ms., vélin bois. (56.)

58. Rollandi Bononiensis, humilis notariorum ministri, de tabellionatus officio, liber scriptus Bononiæ, in Italia, circa annum 1255; petit fol., ms. vélin, couvert de bois. (57.)

59. An[i]cii Manlii Severini Boetii de consolatione philosophiæ; petit fol., ms. vélin, couvert de boys. (58.)

60. Liber dialogorum beati Gregorii; petit fol., ms. vélin, basane verte. (59.)

61. Historia ecclesiastica Socratis, Sosomeni, et Theodoriti, interprete Epiphanio scholastico; fol., ms. vélin, cousu. (60.)

62. La Sainte Bible, traduite en provençal; ms., fol., vélin et papier, enluminée; 1er volume, couvert de bois et basane rouge et de grandz cloux. 1286. (61.)[4]

1. Ms. latin 5946.
2. Ms. latin 7545.
3. Ms. français 1977.
4. Ms. espagnol 2.

63. Le second volume de mesme, commance à la génération d'Abraham ; aussy fol., vélin et papier, enluminé, couvert de mesme. (61.)[1]

64. Le troisième commance aux actes de Salomon. (61.)[2]

65-68. Quatre grandz volumes mss. contenantz les fragments de deux Bibles latines ; in grand fol. extraordinaire, vélin, cousuz, attachez ensemble, marqués n° I. (62.)

69. Vitæ sanctorum, a B. Hieronymo ; grand fol., ms. vélin, cousu, (63.)[3]

70. Vitæ sanctorum, a sanctis Symphoriano et Bartholomæo ; grand fol., vélin, ms. cousu. (64.)[4]

71. Vitæ sanctorum monasterii Sancti Victoris Massiliensis ; grand fol., beau vélin, couvert de bois. (65.)

72. Vitæ sanctorum, ab Adventu ad Nativitatem Domini ; fol., vélin, ms. cousu ; marquez n° II. (66.)

73. Legendarius Tarentesiæ, ms., anno 1428 ; fol., vélin, cousu. (67.)[5]

74. Lectionarium pro tempore Adventus ; grand fol., vélin, cousu. (68.)

75. Lectionarium, a Natali ad Pascha ; grand fol., vélin, ms. cousu. (69.)

76. Lectionarium seu legendæ sanctorum, a sancto Johanne Baptista ; grand fol., ms. vélin, cousu. (70.)

77. Lectionarium, a Natali Domini ad Pascha ; grand fol., ms. en vélin, cousu. (71.)

78. Lectionarium, ab octavis Paschæ ad Adventum et de communi ; marquez n° III ; grand fol., ms. en vélin, cousu. (72.)

79-80. Glossarii veteris pars I ; grand fol., vélin, ms. cousu ; pars II ; grand fol., vélin, ms. cousu. (73.)

81. Divus Augustinus in Johannis evangelium et epistolam ; fol., ms. vélin, cousu. (74.)[6]

82. Ms. in Apocalypsim ; fol., ms. vélin, cousu. (75.)

1-2. Mss. espagnols 3-4.

3-4. Mss. latins 5312 et 5293.

5. Ms. latin 811 A.

6. En marge des articles 81-89, réunis par une accolade, on lit : « Tous ensemble, en nombre de 8, intitulez : *Divers autheurs sacrez et profanes.*

83. Sententiarum magistri Petri Lombardi; fol., ms. en vélin, cousu. (76.)

84. Liber de claustro animæ fratris Hugonis de Sancto Laurentio, anno 1211 ; fol., ms. vélin, cousu. (77.)

85. Commentarium magistri Hugonis super Ecclesiasticum; fol., ms. en vélin, cousu. (78.)

86. B. Gregorii papæ in Ezechielem ; fol., ms., vélin cousu. (79.)

87. De debito conjugali libri tres, et Prosper de liberio arbitrio; fol., ms. vélin, cousu. (80.)

88. Magistri Odonis prologus ad sermones Evangeliorum per anni circulum et de pœnitentia; fol., ms. en vélin, cousu. (81.) [1]

89. Chrisostomi opuscula; in-4º, ms. vélin, cousu, nº V. (82.)

90-91. Codex Justiniani; fol., ms. en vélin, en deux volumes, cousu. (83.)

92. Gregorius in Evangelium ; fol., ms. vélin, cousu. (84.)

93. Paterius Didimus; ms., fol., vélin, cousu. (85.)

94. Les Vies des sainctz, en vulgaire ancien provençal et françois; fol., ms. en vélin, cousu. (86.)

95. Lectionarium; in grand fol., vélin. ms., cousu. (87.)

96. Metaphrastis october, græce, ms. ex Cypro; vélin, fol., cousu. (88.)

97. Usatici Barchinonæ, consuetudines Cataloniæ, paces, treugæ, privilegia, etc.; fol., ms. vélin, cousu. (89.) [2]

98. Vieille chronologie; ms. fol., vélin, cousu. (90.)

99. Ms. in XII. Prophetas; vide characteres hebraïcos veteres, cum majusculis græcis; fol., ms. vélin, cousu. (91.)

100. Adonis martyrologium Forcalqueriensis; fol, ms. vélin, cousu (92.) [3]

101. Joachimus abbas in expositione Psalterii X cordarum; fol., ms. vélin, cousu. (93.) [4]

---

1 : Ms. latin 2593.
2. Ms. latin 4671.
3. Ms. latin 5248.
4. Ms. latin 427.

102. Johannis Salisburgensis in Policraticum ; beau vélin, fol., ms., cousu. (94.)[1]

103. Legenda ; en vélin, fol., ms., cousu. (95.)

104. Fragmentz de divers autheurs, et usages d'Eglise ; 4° et 8°, en vélin, mss., cousuz, VII liasses. (96.)

105. Meslanges d'usages et fragments d'autheurs; in-fol., 4° et 8°, cousuz, ms., cottez liasse VIII. (97.)

106. Meslanges d'usages de divers autheurs; in-8°, mss., cottez liasse IX. (98.)

[*Manuscrits in-folio confondus avec les livres imprimés*].

107. Suetonius ; ms. en vélin, fol., mar.[2]

108. Acta Concilii Tridentini Bononiam translati; ms., fol., partie en vélin et partie en papier, 1547, mar. (1.)

109. Decisiones sacræ congregationis cardinalium sacri Concilii Tridentini interpretum ; ms., fol., mar. (2.)

110. Acta Concilii Tridentini; en vélin, original, ms., fol.ʼ maroq. vert, tout doré. (3.)

111. Decreta Concilii Tridentini sessionis septem ; original, ms. en vélin, fol., mar. vert, tout doré. (4.)

112. Procopii Cæsariensis anecdota, Nicolai Allemand; Lugduni, sumptibus Andreæ Brugioti, grec-lat., cum imperatoris Justiniani deffensione adversus Allemannum, authore Thoma Rivio ; ms. in-fol., mar. 12 livres. (99.)

113. Indices bibliothecarum Vaticanæ, Reginalis, Venetæ, Constantinop., Goveani poemata. Ordo dietarum imperialium ; fol., ms., veau rouge. (5 et 100.)

114. Livre de l'ordre de la Toison d'or, ms., avec les armoiries blasonnées de tous les chevaliers; in-fol., veau noir doré.

115. Architectures, portes et fenestres; ms. in-fol., parch.

116. Senonensis historia re[li]giosi domini Richeri ; ms. cousu en carton.

1. Ms. latin 6416.
2. Ms. latin 5804.

117. Voyage de Charles d'Austriche en Espagne, par Laurens Vital, extrait de l'autographe; ms. fol., cousu en carton [1].

118. Instruttioni del Campanella al Re Cattolico per arrivar alla monarchia universale; fol., ms. parch. (101.) [2]

119. Preuves originales de noblesse, signées et scellées à Grenade, 1534; ms. en vélin, en espagnol, in-fol., couvert de bois, veau noir, illuminé.

120. Relatione del Padre Paolo intorno le differenze del Papa e della republica Veneta, dalla copia mandata dall'authore al sig^r Aug^o Thuano, 1617; fol., ms. carton. (102.)

121. Theodori Balzamonis canones apostolici et synodorum, græce; ms., fol., parch. (103.) [3]

122. Photii nomocanon, cum Balzamonis commentariis, græce: ms., fol., parch. (104.) [4]

123. Il Priorista di Firenze del Rossy; ms., con le arme depinte; fol., parch. (105.)

124. Biblia latina antiqua ms., duabus columnis, in pergameno, cujus initium majusculis implicitisque litteris : « Incipit epistola sancti Hyeronimi presbyteri ad Paulinum presbyterum de omnibus divinæ historiæ libris»; grand fol., couvert de bois, et dessus de veau fauve. [5]

125. Corpus Decretorum, anno Domini M. C. L. a Gratiano, Sancti Felicis Bononiensis monacho, editum, seu, ut ipse Gratianus inscribere maluit, Concordantia discordantium canonum, cum glossis | Laurentii, | Domini omnium dominorum doctorum, | Joannis [Theutonici], | Domini omnium Dominorum, | Hugonis | Vercellensis]. | Bartholomæus Brixiensis reformavit, supplevit, correxit. Ms. en beau vélin, et grand feuillet, en deux colonnes et fort belle lettre, et bien illuminé, couvert de bois et de velours figuré, cramoisy.

1. Ms. français 5627.
2. Ms. italien 234.
3. Ms. grec 1332.
4. Ms. grec 1331.
5. Ms. latin 10.

126. Histoire journalière d'Honoré de Valbelle, 1503 et 1539; ms. fol., mar. (106.) [1]

127. Galeni opuscula, hebraice edita, Hanino, Isaaci filio, interprete; fol. ms. [2]

[Manuscrits in-4º et in-8º.]

128. La Bible manuscrite, en beau vélin et trois colonnes, avec des annotations, fort nette et fort entière, couverte de bois, et le bois de veau noir, en forme d'une cassette, avec quatre clous d'ivoire de chaque côté; in-4º. (107.)

129. Fragmenta Bibliæ Samaritanorum hebraicæ antiquioris; ms., in qua desunt capita postrema, in-4º, maroquin rouge (108.) [3]

130. Fragmenta precum Arabico-Samaritanorum; ms. en papier, pet. in-4º, mar. (109.) [4]

131. Pentatheucus Samaritanorum, litteris hebraicis atque arabicis; ms. en papier, grand 4º, maroq. (110.) [5]

132. Epistolæ Samaritanorum ad Scaligerum; ms. originales, cum versione latina; in-fol., mar. (111.) [6]

133. Samaritanorum præcepta legis Mahometis stemma; ms. en pap., pet. in-4º, mar. (112.) [7]

134. Revelationes Henochi æthiopicæ; ms. en velin, petit in-4º, couvert de bois et maroq. (113.) [8]

135. Lexicon Samaritanorum trilingue; ms. en papier, petit in-4º, maroq. (114.) [9]

136. Gervasius Marescallus otia imperialia; ms. en papier 1211, in-4º, maroq. [10]

1. Ms. français 5072.
2. Ms. hébreu 1117.
3. Ms. samaritain 1.
4. Ms. samaritain 8.
5. Ms. samaritain 5.
6. Ms. samaritain 11.
7. Ms. samaritain, 10.
8. Ms. éthiopien, 117.
9. Ms. samaritain 9.
10. Ms. latin 6704.

137. Publii Fausti Andrelini Foroliviensis poetæ de Neapolitana expugnatione et Fornoviensi transitu ad Carolum, Francorum, Siciliæ et Jerusalem regem christianissimum; ms. en beau vélin doré, in-4°, couvert de satin rouge cramoisy.

138. Insignia gentilitia Pisanorum; ms. et enluminé, 4°, parchemin.

139. Armoiries de Catalongne; ms. et enluminé [in-4°].

140. In Euclidem; ms. cartonné, in-4°.

141. Portraictz des médailles, faicts à la main; ms., 4°, parch.

142. L'Ordre de chevalerie; ms. en vélin, couvert de bois. (115.)

143. In apostillam Evangeliorum Genebrardi notæ; ms., 4°, veau noir. (118)

144. Recueil de quelques proverbes, en provençal; ms., 4°, parch. (119.)

145. Psautier, ms., en provençal, en papier, in-16, mar. [1]

146. Ordre des chevaliers du Croissant; ms. en vélin, avec les figures enluminées, fort belles, couvert de bois et de veau rouge.

147. Karoli Regis officium Beatæ Mariæ; ms. vélin, avec les notes de musique.

148. Admirauté et loix d'Olleron; ms. en vélin, de l'an 1315, couvert de bois, veau rouge, in-8°. — Noté de la main de feu M. de Peiresc. (120.)

149. Le Verger de France, blasons, tournois; ms. en vélin, couvert de bois, veau rouge.

150. Armoiries; ms , in-8°, parch.

151. Registre des lettres et commandements du roy de Cypre, 1468, in-4°. (116.)

152. Novum Testamentum Syrianorum Arabum, in-4°. (117.) [2]

---

1. Ms. espagnol 376.

2. Ms. syriaque 43. — Ces deux derniers articles se trouvent seulement dans la liste des ms. de Peiresc du volume 849 de la collection Moreau.

LIVRES IMPRIMÉS

1. Lucæ Peti de mensuris et ponderibus Romanis et Græcis libri V. Venetiis, 1573 ; et Georgii Agricolæ de mensuris diversi tractatus. Basileæ, 1550, fol., mar. — 20 livres. — Fort noté de la main de feu monsᵣ de Peiresc.

2. Vitæ et gesta summorum Pontificum, cum insignibus cardinalium Alphonsi Ciaconii. Romæ, 1601, fol., mar. — 36 livres. — Noté de la main de feu monsᵣ de Peiresc.

3. Ejusdem [Joannis Pistorii] Germanicorum scriptorum tomus alter. Francofurti, ibid. [Wechel], 1584, cum figuris, in-fol., mar. — Noté de la main de feu monsᵣ de Peiresc.

4. Le premier volume des Grandes Chroniques de France, avec la Chronique de Robert-Gaguin contenue en la Chronique martinienne. A Paris, chez Guillaume Eustache, in-fol., lavé et réglé, en vélin doré.

5. Second volume des Chroniques de France, jusques en l'an 1493. Imprimé à Paris, par Jean Moran, ledit an, in-fol., vélin doré.

6. Le tiers volume des Grandes Chroniques de France jusques en 1513. A Paris, chez Guillaume Eustace, ledit an, fol., lavé et réglé en vélin doré. — 36 livres. — Il y a force notes de feu monsᵣ de Peiresc.

7. Historiæ Francorum, ab anno 900 ad annum 1285. Scriptores veteres XI, in quibus Glaber, Helgaudus, Sugerius, Rigordus, Guillelmus Brito, Guillelmus de Nangis, et alii. Ex biblioth. P. Pithœi. Francofurti, apud Andreæ Wecheli hæredes, 1596, fol., mar. — 10 livres. — Il y a force notes de la main de feu monsᵣ de Peiresc.

8. Indices rerum ab Aragoniae regibus gestarum ab initiis regni ad annum 1410. Roberti Viscardi, Calabriæ ducis, et Rogerii ejus fratris, Calabriæ et Siciliæ ducis, principum Norman-

norum, rerum ab iis gestarum, authore Gaufredo Malaterra. Item Rogerii, Siciliæ regis, rerum gestarum, authore Alexandro, Celesini cœnobii abbate. Et genealogia Roberti Viscardi et eorum principum qui Siciliæ regnum adepti sunt. Cæsar-Augustæ, ex officina a Portonariis de Ursinis, 1578, fol., mar. — 14 liv. — Fort noté de la main de feu mons^r de Peiresc.

9. Ejusdem Epiphanii operum omnium tomus II : Ancoratus, de mensuris et ponderibus, cum notis et animadversionibus Petavii. Ibid. [Paris, 1622], fol., grand pap., mar. — 40 liv. (les 2 vol.). — Noté de la main de feu mons^r de Peiresc.

10. Inscriptiones antiquæ totius orbis Romani, in corpus absolutissimum redactæ, ingenio ac cura Jani Gruteri, auspiciis Josephi Scaligeri ac Marci Velseri. Accedunt notæ Tyronis, Ciceronis, L. An. Senecæ. Ex officina Commeliana, 1603, in grand fol., mar. — 36 liv. — Fort noté de la main de feu mons^r de Peiresc.

11. Conciliorum Binii tomi III pars posterior, continens Lateranensia quatuor, Lugdunense, Viennense, Constanciense, cum appendice. Ibid. [Coloniæ, 1618], grand fol., mar. — Fort noté par feu mons^r de Peiresc.

12. C. Plinii Secundi historiæ mundi libri 37. Lugduni, sumptibus Calderianæ societatis, 1606, fol., mar. — 14 liv. — Fort noté de la main de feu mons^r de Peiresc.

13. Tabulæ Rudolphinæ Tychonis Brahe et Joannis Kepleri, cum tabulis eorumdem pars I et II. Ulmæ, apud Jaunam Saurium, 1627, fol., mar. — 12 livres. — Noté par feu mons^r de Peiresc.

14. Croniche di messer Joannis Villani dell' origine di Firenze, e di tutti fatti e guerre state fatte da Fiorentini nell' Italia, etc. In Venetia, per Bartolome Zannetti, 1537, fol., mar. violet. — 12 livres. — Noté de la main de feu mons^r de Peiresc.

15. Lilii Gregorii Gyraldi operum quæ extant omnium tom. II. Basileæ, per Thomam Guarinum, 1580. Tomus I, de Deis gentium, de Musis syntagma de Herculis vita, de re nautica, seu de navigiis, de sepulchris et vario sepeliendi ritu ; fol., parch. — 16 livres. — Fort noté de la main de feu

mons^r de Peiresc. (En marge :) 8e pile. A la chambre de feu Mr de Peiresc, soubz le portraict de M. Merindol.

16. Rerum Burgundiorum chronicon, en bibliotheca histo- rica Nicolai Vignerii. Basileæ, per Thomam Gorinum, 1575. Item Alphonsi d'Elbene, episcopi Albiensis, de regno Burgun- diæ Transjuranæ et Arelatis libri tres. Lugduni, apud Jaco- bum Roussin, 1602; avec des généalogies. Item Francisci Guillimanni de vera origine et stemmate Conradi secundi im- peratoris salici syntagma. Friburgi Brisgoiæ, apud Joannem Strafferum, 1609, in-4°, mar. — 4 liv. 10 s. — Fort noté de la main de feu Mr de Peiresc.

17. Tabulæ æneæ sacris Ægyptiorum simulachris cœlatæ accurata explicatio, authore Laurentio Pignorio. Accessit ab eodem auctarium... Venetiis, 1605. Item magnæ Deûm matris Ideæ Atthidis initia, edente Laurentio Pignorio, cum figuris. Parisiis, apud Nicolaum Buon, 1623. Item magnæ Deûm ma- tris Ideæ et Atthidis initia, edente iterum Laurentio Pignorio. Venetiis, 1624..., in-4°, maroq. — 7 livres. — Fort noté de la main de feu mons^r de Peiresc.

18. Chronicon Alexandrinum astronomicum et ecclesiasti- cum, vulgo Siculum, seu Fasti Siculi, a Sigonio, Panvinio aliisque laudatum..., opera Mathæi Raderi. Monachii, ex for- mis Annæ Bergiæ viduæ, 1624, in-4°, mar. — 4 liv. 10 s. — Noté de la main de feu mons^r de Peiresc.

19. La généalogie et descente de la maison de Croy, par Jean Scoyer, avec les armoiries. A Douay, chez la vefve Jac- ques Boscart, 1589, in-4°, parchemin. — 25 s. — Fort noté de la main de feu mons^r de Peiresc, avec une généalogie de ladite maison, escripte de sa main.

20. Thesaurus rei antiquariæ uberrimus in locos communes distributus per Hubertum Goltzium. Antverpiæ, ex officina Christophori Plantini, 1579, in-4°, mar. — 4 livres. — Fort noté de la main de feu mons^r de Peiresc.

21. Blason d'armoiries de Gerard Licqh, anglois; avec les couleurs. 1597, in-4°, chagrin noir. — Fort noté de la main de feu M. de Peiresc.

22. Antiqui Chronici quatuor : Herempertus, Lupus, Ano-

nymus, Falco, cum appendicibus historicis, ab his variæ exterarum gentium in Neapolitanum regnum irruptiones describuntur, opera Anthonii Caraccioli. Neapoli, typis Corigianis, 1626, in-4°, parch. — Noté de la main de feu monsʳ de Peiresc, et un petit abbrégé à la première page.

23. Johannis Kepleri admonitio de raris mirisque anni 1631, phænomenis a Jacobo Bartschio. Francofurti, apud Godefridum Tampachium, 1630, in-4°. — Noté de la main de feu Mʳ de Peiresc.

24. De bello Alphonsi, Aragonum regis, adversus regem Renatum; 4°, prêt à couvrir. — Noté par feu monsʳ de Peiresc.

25. Lazari Bayffii annotationes in L. 2ᵃ de captivis et postliminiis reversis; ejusdem annotationes in tractatum de auro et argento legatis, quibus vestimentorum et vasculorum genera explicantur. Item Anthonii Thilesii de coloribus libellus, a coloribus vestium non alienus. Lutetiæ, ex officina Roberti Stephani, 1549, 4°, prest à couvrir, figuré et marqué par feu monsʳ de Peiresc. — Fort notté.

26. Pontificium Arelatense, seu historia primatum sanctæ Arelatensis ecclesiæ, authore Petro Saxio, Arelatensi canonico. Aquis-Sextiis, typis Joannis Roize, 1629, in-4°, maroquin. — Fort noté de la main de feu monsʳ de Peiresc.

27. De agrorum conditionibus et constitutionibus limitum variorum authorum; item de mensuris et ponderibus; omnia figuris illustrata. Parisiis, apud Andream Turnebum, 1554, 4°, parch. — Noté de la main de feu monsieur de Peiresc.

28. Les généalogies de soixante-sept maisons illustres, partie de France, partie estrangères, avec le blason et declaration que chacune des maisons porte, par R. P. Estienne de Cypre, de la royale maison de Lusignan. A Paris, chez Guillaume le Noir, 1586, in-4°, parchemin. — Notté de la main de feu monsieur de Peiresc, et dans lequel livre sont les advertissements pour le procès de madame de Bouteville.

29. Cyclometria vere et absolute in ipsa natura circuli cum rectilineo inventa. Cui accessit introductio ad canonem trigonometriæ sub initium et finem quadrantis circuli instauran-

dum. Hamburgi, ex bibliopolio Frobeniano, A. C. 1527, cum figuris, 4º, carton. — Noté de la main de M. Midorge, trésorier général de France, à Paris.

30. Codex Theodosianus Alarici et Joannis Tilii. Parisiis, apud Carolum Guilart, 1550, in-8º, mar. vert. — Fort noté de la main de feu monsʳ de Peiresc, y ayant au commencement 4 feuilletz escriptz de sa main.

31. Karoli Magni et Ludovici Pii Capitula ab Ansegiso abbate et Benedicto levita collecta ; adjectis aliis Karoli Calvi. Parisiis, apud Claudium Chapelet, 1588, in-8º, mar — Il est fort noté de la main de Mʳ de Peiresc.

32. Antiquitatum libri III Georgii Fabritii. Basileæ, typis Oporianis, 1587. Item Ptolemæi inerrantium stellarum significationes, per Nicolaum Leonicum e græco translatæ. Duodecim Romanorum menses ex veteribus monumentis Romæ repertis, etc. ; in-8º, mar. — Avec des feuillets blancs fort notez de la main de feu monsʳ de Peiresc.

33. Annalium et historiæ Francorum ab anno Christi 708 ad annum 990. Scriptores coetanei XII. Ex bibliotheca Petri Pithœi. Parisiis, apud Claudium Chapelet, 1588, in-8º, mar. — Fort noté de la main de feu monsʳ de Peiresc.

34. Delibatio Affricanæ historiæ ecclesiasticæ, sive Optati Milevitani liber VII de schismate Donatistarum. Item Victoris Uticensis de percussione Vandalica in Affrica ; cum annotationibus, ex Francisci Balduini commentariis. Parisiis, apud Claudium Fremin. 1569, in-8º. — Notæ sunt Gabrielis de Laubespine, Aurelianensis episcopi, in secessu Massiliensi.

35. Ptolemæi Lucensis, episcopi Torcellensis, annales ab anno 1060 ad annum 1303. Lugduni, apud Jacobum Roussin, in-8º, mar. — Fort noté de la main de monsʳ de Peiresc.

36. Josephi Scaligeri de re nummaria. Ex officina Plantiniana Raphelengii, 1616. Item Willebrordi de re nummaria. Ibid. 1613. Item tractatus de re nummaria prisci ævi quæ collata ad æstimationem monetæ præsentis, authore Johanne a Chokier. Leodii, typis Christiani Ouwerx, 1619, in-8º, mar. — Fort noté de la main de feu monsʳ de Peiresc.

37. Joannis Marianæ de Rege et Regis institutione. Mogun-

tiæ, typis Balthazaris Lippii, 1605. Item ejusdem de ponderibus et mensuris. Ibid., in-8°, parch. — Noté de la main de feu mons^r de Peiresc.

38. Optati Afri, Milevitani episcopi, libri VI de schismate Donatistarum adversus Parmenianum. Ex bibliopolio Commelini, 1599, in-8°, prest à couvrir. — Fort noté.

39. Aur. Theodosii Macrobii v. cl. et inlustris opera, Joh. Isacius Pontanus secundo recensuit, adjectis ad libros singulos notis. Lugd.-Batavorum, ex officina Johannis Maire, 1628, in-8°, prest à couvrir. — Noté de la main de feu mons^r de Peiresc, et au dernier feuillet.

40. Johannis Seldeni de diis Syris syntagmata duo. Londini, apud Guillelmum Stansbeium, 1617, in-8°, parch. — Avec quelques notes de feu mons^r de Peiresc.

41. Introductio in historiam Romanam per Johannem Othonem. Item Sexti Ruffi breviarium... Antverpiæ, ex officina Christophori Plantini, 1569... Item Lutetiæ descriptio, authore Eustatio a Knobelsdorf. Paris., apud Christianum Wechelum, 1543, in-8°, veau noir. — Fort noté de la main de feu mons^r de Peiresc.

42. Josephi Scaligeri de re nummaria dissertatio et Snellii. Ex officina Plantiniana Raphelengii, 1616, in-8°, cart. — Fort noté de la main de feu mons^r de Peiresc.

43. Willebrordi Snellii R. F. de re nummaria liber singularis. Ex officina Plantiniana Raphelengii, 1613, in-8°, cart. — Fort noté de la main de feu mons^r de Peiresc.

44. Alphonsi d'Elbene, episcopi Albiensis, tractatus de gente et familia marchionum Gauthier (*sic*), qui postea comites Sancti Ægidii et Tholosates dicti sunt. Lugduni, in officina Q. Hugonis a Porta, 1607, in-8°, cart. — Noté par feu mons^r de Peiresc.

APPENDICE

Aux témoignages déjà connus de la libéralité de Peiresc, on peut ajouter les deux suivants. Parmi les papiers et manuscrits de Libri, que M. Delisle vient de faire si heureusement rentrer en France, se trouve cette note de la main de Peiresc (Bibl. nat. nouv. acq. fr. 5174, fol. 21) :

« *Pour M. Du Puy.* — Le petit volume manuscrit grec en vellin, couvert de boys, dont l'escritture ne monstre pas d'estre gueres vieille, où sont les Argonautiques d'Orphée, avec ces autres opuscules qui se trouvent communément ensuite.

« Ensemble troys hymnes de Proclus Lycius.

« Puis ceux d'Homère.

« Et enfin la Léandre de Musæus.

« *Pour le R. P. Mercene.* — Deux gros volumes in-folio, grecs, manuscrits de Rituels ou usages des églises grecques, en charactere fort menu et moings ancien que les autres, dont un a en quelques endroits les notes de musique en rubrique interlinéaires parmy le texte escript en ancre noire, et l'autre au contraire a le texte en rubrique et les notes de musique d'ancre noire.

« Un autre volume grec, manuscrit, in-4°, dont l'escritture est un peu plus ancienne, où le texte et la musique interlinéaire sont d'une mesme ancre noire.

« Un autre volume grec, manuscrit, in-4°, des Evangiles, où il n'y a que les accents ordinaires, en la mesme ancre noire du texte, et oultre ce de petites notes de rubrique pour regler aulcunement le ton du lecteur.

« Un autre volume grec manuscrit, in-4°, des Prophéties, où les accents ordinaires sont pareillement d'ancre noire, mais les extraordinaires pour régler le ton du lecteur sont en rubrique.

« Un cahier descousu d'un grand volume in-folio, manuscrit, en majuscule, plus ancien que les autres, où les accents ordinaires sont pareillement d'ancre noire et les extraordinaires de rubrique.

« Un feuillet arraché d'un autre fort gros volume in-4°, manuscrit, majuscule, encore plus ancien que le précédent, où tous les accents et notes du ton sont d'une seule ancre noire.

« Ces deux derniers volumes ayant été retenus à cause de leur grand poids et du danger de la voitture en mauvaise saison, sur l'opinion qu'on a eu qu'ils ne fussent pas nécessaires au R. P. Mercene, que s'il croit d'en pouvoir tirer quelque fruict, on les luy envoyera aussy volontiers que tout le reste. »

Dans le volume II (folio 362) des papiers de Peiresc, à la bibliothèque de Carpentras, on peut relever aussi la mention suivante relative au célèbre manuscrit de Constantin Porphyrogénète, aujourd'hui à Tours, et dont il est longuement question dans la lettre 82 de Peiresc à Dupuy :

« Le volume grec manuscrit de Constantin Porphyrogenète, où sont les fragments et eclogues de Polybe, Nicolaus Damascenus, et autres anciens; in-folio, couvert de carton et parchemin, pour Messrs Du Puy, Grotius, Saulmaise et Rigault. »

Peiresc adressait ce manuscrit à de Thou, avec quelques volumes arabes et différents objets de curiosité provenant du Levant.

Le même volume II (fol. 242) de Carpentras nous a conservé le texte d'instructions de Peiresc pour la recherche des manuscrits en Orient :

« 1631. — *Manuscrits de Cypre.* — Mémoire des livres manuscrits du sieur Espannet, consul de Cypre, qu'il fault bien mesnager et tenir bien secret, pour n'estre prevenu.

« Il fault sçavoir du sieur Espanet, vice-consul, s'il est en vie, ou de quelqu'un de ceux qui l'ont servi ou qui frequentoient avec lui, s'ils ne sçauroient rien des livres manuscrits qu'il avoit marchandez pour moy peu de temps avant sa disgrace et son avarie. En quelque lieu à la montaigne parmi des hermitages, ou mazures de *vieux monastères et grottes,* ou *cavernes,* où il en avoit laissé la charge de quattre ou cinq mullets qu'il pouvoit avoir à fort bon marché.

« Si on n'en peult rien apprendre de certain il fauldroit aller sur les lieux, s'il est possible aux endroits où restent des Chrestiens ecclésiastiques dans ces montaignes où c'est que facilement on trouveroit le mesme lieu ou autre fourny de bons libvres grecs.

« Et possible y en auroit-il encore de latins et de vieux françoys qui mériteroient de n'estre pas negligez si on en rencontroit. Principalement si on y trouvoit des vieux exemplaires soit manuscrits ou imprimez des

Assises du royaume de Hierusalem et de Cypre, qui estoient les loix du pays en vieil languaige françois. Et les livres des *Coustumes de la mer*, que aultrement on nomme le libvre du Consulat. Et le *Portulan* dont les exemplaires manuscrits anciens vauldroient la peine d'être acheptez ; ensemble des libvres d'histoire du pays où l'on parloit françois à la cour du roy. Comme aussi les vieux registres et cartulaires des tiltres et documens des monastères, s'il s'en trouve où sont les donations et privilèges des princes chrestiens.

« Enfin toute sorte de libvres escripts en viel parchemin ou en gros papier de Damas, que l'on jugera pouvoir contenir quelque curiosité, ne sont point à négliger. Et mesme des libvres imprimez qui seront de bien vieille édition, principalement les Grecs et ceux d'histoire en quelque langue que ce soit...

« Que s'il y a moyen d'avoir quelque chose il ne fault point laisser eschapper de bonne et seure commandite de l'envoyer quand il s'en presentera soit par les navires du sieur de Ramatuelle, Michel Torteau, de la Seine, qui fréquenteront Constantinople et vous porteront souvent de noz nouvelles, soit par la voye ordinaire de Marseille et les adresses de M. de Gastines et de M. le lieutenant Valbelle. »

Toulouse, Imp. DOULADOURE-PRIVAT, rue S¹-Rome, 39. — 6558

www.ingramcontent.com/pod-product-compliance
Lightning Source LLC
Chambersburg PA
CBHW061634180626
46818CB00005B/2374